魔法圖書館 ④
綠野仙蹤黑魔法

佳ㄐ一ㄚ 妮ㄋ一ˊ

抵ㄉ一ˇ達ㄉㄚˊ范ㄈㄢˋ特ㄊㄜˋ西ㄒ一 爾ㄦˇ的ㄉㄜ˙翡ㄈㄟˇ翠ㄘㄨㄟˋ城ㄔㄥˊ後ㄏㄡˋ，陰一ㄣ錯ㄘㄨㄛˋ陽一ㄤˊ差ㄔㄚ當ㄉㄤ上ㄕㄤˋ城ㄔㄥˊ主ㄓㄨˇ。戴ㄉㄞˋ上ㄕㄤˋ桃ㄊㄠˊ樂ㄌㄜˋ絲ㄙ給ㄍㄟˇ她ㄊㄚ的ㄉㄜ˙黃ㄏㄨㄤˊ金ㄐ一ㄣ眼一ㄢˇ鏡ㄐ一ㄥˋ後ㄏㄡˋ，忽ㄏㄨ然ㄖㄢˊ性ㄒ一ㄥˋ格ㄍㄜˊ大ㄉㄚˋ變ㄅ一ㄢˋ。

妮ㄋ一ˊ 妮ㄋ一ˊ

為ㄨㄟˋ了ㄌㄜ˙讓ㄖㄤˋ性ㄒ一ㄥˋ格ㄍㄜˊ大ㄉㄚˋ變ㄅ一ㄢˋ的ㄉㄜ˙佳ㄐ一ㄚ妮ㄋ一ˊ恢ㄏㄨㄟ復ㄈㄨˋ原ㄩㄢˊ狀ㄓㄨㄤˋ，與ㄩˇ稻ㄉㄠˋ草ㄘㄠˇ人ㄖㄣˊ、錫ㄒ一ˊ樵ㄑ一ㄠˊ夫ㄈㄨ和ㄏㄜˊ膽ㄉㄢˇ小ㄒ一ㄠˇ獅ㄕ一ㄐ起ㄑ一ˇ展ㄓㄢˇ開ㄎㄞ冒ㄇㄠˋ險ㄒ一ㄢˇ，並ㄅ一ㄥˋ以一ˇ樂ㄌㄜˋ觀ㄍㄨㄢ的ㄉㄜ˙態ㄊㄞˋ度ㄉㄨˋ解ㄐ一ㄝˇ決ㄐㄩㄝˊ了ㄌㄜ˙許ㄒㄩˇ多ㄉㄨㄛ問ㄨㄣˋ題ㄊ一ˊ。

桃ㄊㄠˊ 樂ㄌㄜˋ 絲ㄙ

前ㄑ一ㄢˊ往ㄨㄤˇ魔ㄇㄛˊ法ㄈㄚˇ師ㄕ之ㄓ島ㄉㄠˇ，向ㄒ一ㄤˋ南ㄋㄢˊ國ㄍㄨㄛˊ魔ㄇㄛˊ女ㄋㄩˇ葛ㄍㄜˇ琳ㄌ一ㄣˊ達ㄉㄚˊ學ㄒㄩㄝˊ習ㄒ一ˊ魔ㄇㄛˊ法ㄈㄚˇ的ㄉㄜ˙桃ㄊㄠˊ樂ㄌㄜˋ絲ㄙ，突ㄊㄨˊ然ㄖㄢˊ出ㄔㄨ現ㄒ一ㄢˋ在ㄗㄞˋ翡ㄈㄟˇ翠ㄘㄨㄟˋ城ㄔㄥˊ中ㄓㄨㄥ，到ㄉㄠˋ底ㄉ一ˇ是ㄕˋ怎ㄗㄣˇ麼ㄇㄜ˙一一回ㄏㄨㄟˊ事ㄕˋ？

稻草人

曾是翡翠城的城主，卻突然不見蹤影。在原著中獲得了頭腦，卻每天都想東想西而失眠，現在最大的願望是好好睡一覺。

錫樵夫

奧茲國西方聞綺斯國的國王，能用木頭迅速做出任何東西。在原著中得到了心臟，卻因此變得太心軟，現在想擁有決斷力。

膽小獅

奧茲國南方森林中的百獸之王。在原著中獲得了勇氣，卻因為驕傲而失去其他動物的信賴，現在希望能再次和牠們和睦相處。

東國魔女

在原著中，被桃樂絲從天而降的房子壓到而喪命。她在黑魔法師的幫助下復活，並一心想向桃樂絲報仇。

西國魔女

在原著中，因桃樂絲潑出的水而融化喪命，後來在東國魔女的幫助下復活。雖然只有一隻眼睛，但沒有事情能瞞過她。

南國魔女

葛琳達是奧茲國四位魔女之一，統治南方的奎德林國。她的個性善良，魔力強大，目前在教導桃樂絲魔法。

飛猴

由於中了金冠的魔法，只要有人戴上金冠，牠們就必須幫對方完成三個願望。

金冠

原本是西國魔女的魔法道具，可以召喚飛猴，讓牠們完成戴上金冠的人許下的三個願望。

黃金眼鏡

翡翠色的鏡框上鑲嵌著色彩繽紛的寶石，鏡片則是金色，是桃樂絲送給佳妮的禮物。

手環

南國魔女葛琳達送給膽小獅、稻草人和錫樵夫的禮物，集合三個手環就能召喚桃樂絲。

銀鞋

原本是東國魔女的魔法道具，穿上它後，只要敲鞋跟三下，就能到任何想去的地方。

目錄

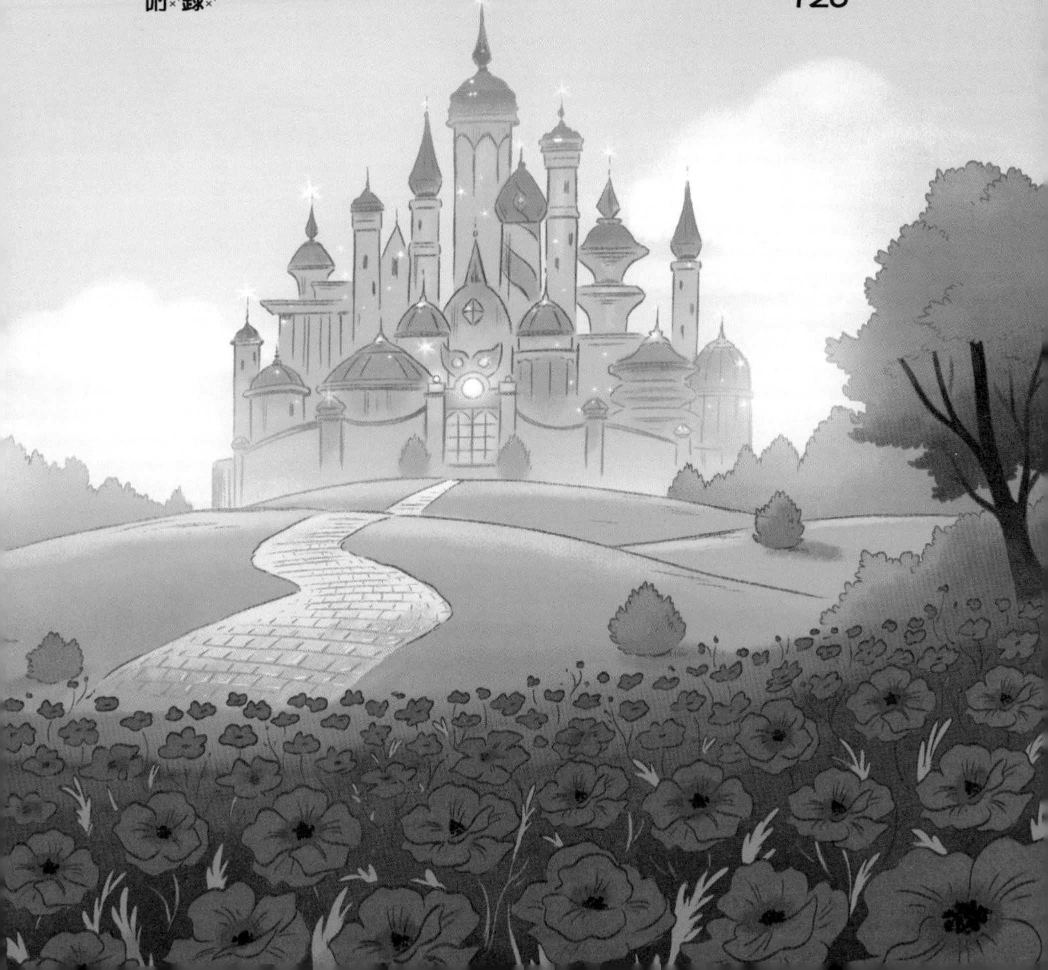

序章

專屬我的特色

今年也發生了很多事。

哪件事讓你們印象最深刻？

當然是范特西爾……

你是說之前讀的書對吧！

?

那姐姐呢？

我啊……

我對每件事都印象深刻。

你記得住每件事嗎？

對，因為我有這個。

佳妮很認真寫日記呢！

不是日記，是最近很流行的手帳。

好可愛！我也要寫手帳！

你要不要當成明年的目標？

不要，我要從今天開始寫。

寫手帳比想像中困難耶！

笑什麼？

我也想要可愛的手帳，姐姐，你幫我寫啦！

手帳要自己寫，不能請別人幫忙。

可是我寫不好……

這樣才有你的特色呀！

我們在范特西爾經歷過的事就夠有特色了。

下一次會到哪個故事裡冒險呢？

第1章
桃樂絲的禮物

讀ㄉㄨˊ過ㄍㄨㄛˋ很ㄏㄣˇ多ㄉㄨㄛ世ㄕˋ界ㄐㄧㄝˋ名ㄇㄧㄥˊ著ㄓㄨˋ的ㄉㄜ˙佳ㄐㄧㄚ妮ㄋㄧˊ，一ㄧˋ眼ㄧㄢˇ就ㄐㄧㄡˋ認ㄖㄣˋ出ㄔㄨ她ㄊㄚ們ㄇㄣ˙來ㄌㄞˊ到ㄉㄠˋ了ㄌㄜ˙奧ㄠˋ茲ㄗ國ㄍㄨㄛˊ的ㄉㄜ˙翡ㄈㄟˇ翠ㄘㄨㄟˋ城ㄔㄥˊ。

因為在街道上行走的每個人，都穿戴著綠色衣服和尖帽。

　　發現佳妮和妮妮的人們紛紛聚集到她們身旁，其中一人問道：「你們是魔法師嗎？」

　　「不是，我們只是來這裡尋找東西的旅行者。」

　　佳妮極力否認，但這些圍觀的群眾卻當作耳邊風似的，轉頭問妮妮：「你手裡拿的是魔法之書吧？」

　　「對，不過……」

　　不等妮妮說完話，人群間忽然爆出歡呼聲。

「是魔法師！我們翡翠城有新的城主了！」

儘管佳妮和妮妮拼命搖手否認，他們卻完全不理會。

「兩位新城主還帶著可愛的小狗呢！」

「趕快帶她們去翡翠城的城堡吧！」

人們的掌聲和歡呼聲蓋過了佳妮和妮妮拒絕的聲音，隨即有人駕來城主專用的豪華馬車，兩人在眾人的簇擁下，不得已走上馬車。

「事情怎麼會變成這樣！」

「當城主沒什麼不好吧？
感覺很好玩！」

「黃金書籤怎麼辦？你忘記我們的
任務了嗎？」

「一天就好！姐姐，拜託你！」

「唉！只有一天喔！」

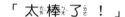「太棒了！」

　　馬車緩緩行駛，在通過一道巨大的門之後，進入了城堡。

　　「雖然不是第一次看到城堡，但還是第一次當城主呢！」

　　妮妮抱著毛毛下了馬車，興奮的四處張望，佳妮則苦笑著跟在後面。

　　這時候，有一位僕人走過來。「歡迎派對已經準備好了，請兩位城主換上禮服，前往庭院。」

　　於是，佳妮和妮妮換上綠色的禮服，當兩人走進庭院時，就發現所有的人都朝她們敬禮並拍手歡迎。

佳妮和妮妮在派對上一邊享用美食，一邊打探消息，這才知道翡翠城原來的城主稻草人已經失蹤一段時間了，大家都很希望新城主趕快出現。

　　派對即將結束的時候，這個故事的主角桃樂絲忽然現身。原來是桃樂絲為了祝賀佳妮和妮妮成為翡翠城的新城主，特地送來禮物。

　　看到主角出現，佳妮和妮妮不禁鬆了一口氣，把桃樂絲拉到旁邊說悄悄話。

　　「我們必須離開這裡，不能當城主啦！」

　　「我知道，你們在找黃金書籤，這個能幫上忙。」

　　桃樂絲從口袋裡拿出一副綠色鏡框、金色鏡片的眼鏡。

　　「戴上這副黃金眼鏡，會讓金色的東西變得很顯眼，這樣就能更快找到黃金書籤了。」

　　不等佳妮和妮妮回答，桃樂絲一溜煙就消失了。

夜幕低垂，翡翠城家家戶戶都關了燈，紛紛進入夢鄉。在一條黑暗的巷弄裡，浮現了一抹小小的黑影，並對著牆壁自言自語。

　　「我已經把東西交給她了。」

　　牆壁上出現一團像煙霧般的影子，讓小黑影害怕到瑟瑟發抖。

　　煙霧似的影子用低沉的聲音說道：「很好。你知道我讓你復活的原因吧？」

　　「當然知道。拿到黃金書籤和魔法之書只是時間的問題。」

　　「那就好。你的命是我給的，你最好牢記在心。」

　　煙霧似的影子消失後，小黑影腿一軟就跌坐在地上，包覆全身的披風因此滑了下來，月光得以照在她的臉上。

　　「但是在那之前……桃樂絲，我一定要報仇！」

　　可怕的是，說這句話的小黑影也是桃樂絲。

第2章

翡翠城城主

隔⟨ㄍㄜˊ⟩天⟨ㄊㄧㄢ⟩一⟨ㄧ⟩早⟨ㄗㄠˇ⟩，妮⟨ㄋㄧˊ⟩妮⟨ㄋㄧˊ⟩在⟨ㄗㄞˋ⟩城⟨ㄔㄥˊ⟩主⟨ㄓㄨˇ⟩的⟨ㄉㄜ⟩房⟨ㄈㄤˊ⟩間⟨ㄐㄧㄢ⟩裡⟨ㄌㄧˇ⟩睜⟨ㄓㄥ⟩開⟨ㄎㄞ⟩眼⟨ㄧㄢˇ⟩睛⟨ㄐㄧㄥ⟩時⟨ㄕˊ⟩，佳⟨ㄐㄧㄚ⟩妮⟨ㄋㄧˊ⟩已⟨ㄧˇ⟩不⟨ㄅㄨˋ⟩見⟨ㄐㄧㄢˋ⟩蹤⟨ㄗㄨㄥ⟩影⟨ㄧㄥˇ⟩，毛⟨ㄇㄠˊ⟩毛⟨ㄇㄠˊ⟩則⟨ㄗㄜˊ⟩躺⟨ㄊㄤˇ⟩在⟨ㄗㄞˋ⟩床⟨ㄔㄨㄤˊ⟩上⟨ㄕㄤ⟩的⟨ㄉㄜ⟩角⟨ㄐㄧㄠˇ⟩落⟨ㄌㄨㄛˋ⟩睡⟨ㄕㄨㄟˋ⟩覺⟨ㄐㄧㄠˋ⟩。

「毛⟨ㄇㄠˊ⟩毛⟨ㄇㄠˊ⟩，快⟨ㄎㄨㄞˋ⟩起⟨ㄑㄧˇ⟩床⟨ㄔㄨㄤˊ⟩，我⟨ㄨㄛˇ⟩們⟨ㄇㄣ⟩該⟨ㄍㄞ⟩走⟨ㄗㄡˇ⟩了⟨ㄌㄜ⟩。」

這⟨ㄓㄜˋ⟩時⟨ㄕˊ⟩候⟨ㄏㄡˋ⟩，房⟨ㄈㄤˊ⟩間⟨ㄐㄧㄢ⟩的⟨ㄉㄜ⟩門⟨ㄇㄣˊ⟩突⟨ㄊㄨˊ⟩然⟨ㄖㄢˊ⟩打⟨ㄉㄚˇ⟩開⟨ㄎㄞ⟩，穿⟨ㄔㄨㄢ⟩著⟨ㄓㄜ⟩綠⟨ㄌㄩˋ⟩色⟨ㄙㄜˋ⟩洋⟨ㄧㄤˊ⟩裝⟨ㄓㄨㄤ⟩、戴⟨ㄉㄞˋ⟩著⟨ㄓㄜ⟩金⟨ㄐㄧㄣ⟩色⟨ㄙㄜˋ⟩尖⟨ㄐㄧㄢ⟩帽⟨ㄇㄠˋ⟩的⟨ㄉㄜ⟩佳⟨ㄐㄧㄚ⟩妮⟨ㄋㄧˊ⟩快⟨ㄎㄨㄞˋ⟩步⟨ㄅㄨˋ⟩走⟨ㄗㄡˇ⟩了⟨ㄌㄜ⟩進⟨ㄐㄧㄣˋ⟩來⟨ㄌㄞˊ⟩。

「妮⟨ㄋㄧˊ⟩妮⟨ㄋㄧˊ⟩，借⟨ㄐㄧㄝˋ⟩過⟨ㄍㄨㄛˋ⟩一⟨ㄧ⟩下⟨ㄒㄧㄚˋ⟩。」

一⟨ㄧ⟩群⟨ㄑㄩㄣˊ⟩僕⟨ㄆㄨˊ⟩人⟨ㄖㄣˊ⟩跟⟨ㄍㄣ⟩在⟨ㄗㄞˋ⟩佳⟨ㄐㄧㄚ⟩妮⟨ㄋㄧˊ⟩身⟨ㄕㄣ⟩後⟨ㄏㄡˋ⟩，佳⟨ㄐㄧㄚ⟩妮⟨ㄋㄧˊ⟩一⟨ㄧ⟩

手ㄕㄡˇ插ㄔㄚ腰ㄧㄠ、一ㄧ手ㄕㄡˇ指ㄓˇ著ㄓㄜ˙房ㄈㄤˊ間ㄐㄧㄢ的ㄉㄜ˙各ㄍㄜˋ個ㄍㄜˋ地ㄉㄧˋ方ㄈㄤ。

「床ㄔㄨㄤˊ單ㄉㄢ和ㄏㄜˊ被ㄅㄟˋ單ㄉㄢ要ㄧㄠ換ㄏㄨㄢˋ掉ㄉㄧㄠˋ，窗ㄔㄨㄤ簾ㄌㄧㄢˊ的ㄉㄜ˙顏ㄧㄢˊ色ㄙㄜˋ太ㄊㄞˋ難ㄋㄢˊ看ㄎㄢˋ了ㄌㄜ˙，那ㄋㄚˋ個ㄍㄜˋ俗ㄙㄨˊ氣ㄑㄧˋ的ㄉㄜ˙櫃ㄍㄨㄟˋ子ㄗ˙也ㄧㄝˇ立ㄌㄧˋ刻ㄎㄜˋ丟ㄉㄧㄡ掉ㄉㄧㄠˋ。」

被ㄅㄟˋ趕ㄍㄢˇ到ㄉㄠˋ房ㄈㄤˊ間ㄐㄧㄢ中ㄓㄨㄥ央ㄧㄤ站ㄓㄢˋ著ㄓㄜ˙的ㄉㄜ˙妮ㄋㄧˊ妮ㄋㄧˊ，看ㄎㄢˋ著ㄓㄜ˙佳ㄐㄧㄚ妮ㄋㄧˊ指ㄓˇ揮ㄏㄨㄟ僕ㄆㄨˊ人ㄖㄣˊ的ㄉㄜ˙模ㄇㄛˊ樣ㄧㄤˋ，十ㄕˊ分ㄈㄣ驚ㄐㄧㄥ訝ㄧㄚˋ。

「姐ㄐㄧㄝˇ姐ㄐㄧㄝ˙，你ㄋㄧˇ在ㄗㄞˋ做ㄗㄨㄛˋ什ㄕㄣˊ麼ㄇㄜ˙？我ㄨㄛˇ們ㄇㄣ˙不ㄅㄨˊ是ㄕˋ要ㄧㄠ離ㄌㄧˊ開ㄎㄞ了ㄌㄜ˙嗎ㄇㄚ˙？」

「妮ㄋㄧˊ妮ㄋㄧˊ，你ㄋㄧˇ也ㄧㄝˇ去ㄑㄩˋ換ㄏㄨㄢˋ件ㄐㄧㄢˋ衣ㄧ服ㄈㄨˊ，最ㄗㄨㄟˋ好ㄏㄠˇ像ㄒㄧㄤˋ我ㄨㄛˇ一ㄧ樣ㄧㄤˋ戴ㄉㄞˋ上ㄕㄤˋ漂ㄆㄧㄠˋ亮ㄌㄧㄤˋ的ㄉㄜ˙帽ㄇㄠˋ子ㄗ˙。」

佳妮用從來不曾有過的高亢嗓音交代僕人各種工作。妮妮皺著眉，湊近佳妮的耳邊說悄悄話。

　　「你不是說只待一晚嗎？我們還要去找黃金書籤呢！」

　　佳妮推開妮妮，一臉嚴肅的說：「我沒空和你閒聊，為了改造這個老舊的城市，我一分一秒都不能浪費。」

　　妮妮發現佳妮似乎是認真的，於是趕緊追問：

　　「姐姐，你真的要當翡翠城的城主嗎？」

　　佳妮聽了噗哧一笑。

　　「沒錯，這個城市就交給我來改變，接下來是整個奧茲國。」

　　妮妮嚇得倒退一步，這才發現佳妮戴著桃樂絲送的黃金眼鏡。

「姐姐，阿拉丁和愛麗絲走過來了！」

「他們來這裡做什麼？」

佳妮一一轉頭，妮妮就從後面撲向她，試圖拿下黃金眼鏡。

「為什麼拿不下來？」

「妮妮，你要做什麼？」

「你的眼鏡借我一下。」

「不要，我絕對不會把它拿下來。」

「姐姐，你戴上那副眼鏡後就變得很奇怪。」

「沒這回事！桃樂絲說過，戴上這副眼鏡就能很快找到黃金書籤。」

「借我看一下就好，馬上還給你。」

「我該走了，我要讓翡翠城重獲新生，真的很忙。」

「你又不是真正的城主！」

佳妮沒有理會妮妮的話，轉身和一群僕人離開房間。

雖然妮妮想用手機查詢「拿下黃金眼鏡的方法」，但是網路沒有訊號。她不知所措的和毛毛一起在城堡裡走來走去，隨即發現一座書櫃。

妮妮拿起幾本書翻看，但是一個字都看不懂。當她失望的把書放回去時，有個東西從書頁間掉到地上。

啪！

「好老舊的書籤。」

這時候，毛毛在書櫃的另一端狂吠起來。

「毛毛，怎麼了？」

妮妮下意識的把那個書籤放進口袋，然後走向毛毛，發現牠朝著書櫃的某個位置不斷吠叫。

「這裡有什麼東西嗎？」

妮妮從那個地方拿下一本書。

突然間，妮妮站的地板和書櫃一起轉了個圈。

轟隆隆！

妮妮和毛毛來到書櫃後面的小書房，書桌前有一個戴帽子的人背對著妮妮。

「你好，我是來這個國家找東西的妮妮。請問你是誰？」

書桌前的人轉過身，原來是身體用稻草做成的稻草人。

「稻草人！你在這裡做什麼？」

沒想到失蹤的翡翠城城主稻草人就待在城堡中，讓妮妮嚇了一大跳。

「結束和桃樂絲的冒險後，我得到了頭腦，但是從那一天開始，我就再也睡不著覺了。」

自從稻草人擁有頭腦後，他就無法停止思考，因此出現失眠的症狀。這件事讓稻草人非常困擾，所以他一直躲在這裡，試圖找到解決的方法。

儘管很同情稻草人，可是妮妮愛莫能助。她問稻草人有沒有看到黃金書籤，但稻草人搖搖頭。

抱歉，我有很多事要思考，
你去找南國魔女葛琳達吧！
她應該能幫上你的忙。

原本妮妮還想問黃金眼鏡的事，不過稻草人看起來已經自顧不暇了，於是妮妮失望的走出稻草人的書房，卻看到桃樂絲站在書櫃前。

「嚇我一跳！」妮妮大叫。

「妮妮，你在這裡做什麼？」

「就……看書啊！」

想起佳妮是戴上桃樂絲送的黃金眼鏡才變得奇怪，起了疑心的妮妮便避重就輕的回答，接著迅速離開。

看著妮妮飛奔而去的背影，桃樂絲若有所思的笑了笑，然後從書櫃上拿了一本書。地板和書櫃同樣轉了一圈，稻草人依然坐在書桌前看書。

「稻草人先生，原來你在這裡啊！」

「桃樂絲，你怎麼會叫我稻草人先生？平常你都叫我稻草人啊！」

桃樂絲沒有回答稻草人的問題，反而又提出問題。

「祕密倉庫的鑰匙在你這裡嗎？」

稻草人一臉茫然，不知道桃樂絲忽然問這件事要做什麼。

在萬物都沉沉入睡的寂靜黑夜裡，桃樂絲來到西國魔女的城堡。這座城堡已經荒廢很長一段時間，桃樂絲撥開蜘蛛網，走進西國魔女的房間，看到地板上有一攤乾掉很久的褐色水漬。

桃樂絲對著那攤水漬念起魔咒。

「赫拉巴雷滴拉蹦！復活吧！」

接著，從褐色水漬冒出一團褐色煙霧，然後逐漸形成一個身形消瘦、只有一隻眼睛的人——西國魔女。

「這是怎麼回事？」

西國魔女揮動著被煙霧籠罩的手腳，狐疑的看著自己的身體和周遭的環境，一時反應不過來。

「活過來的感覺如何？」

桃樂絲笑嘻嘻的看著西國魔女。

啪啪啪！

「都是因為你，我才會沒命！」

西國魔女生氣大吼叫，桃樂絲見狀卻笑得更開心，嘴巴繼續念著魔咒。過了一會兒，她的身體像冰淇淋一樣融化，露出了真面目。

「別生氣，我是東國魔女。」

發現眼前的桃樂絲是東國魔女用魔法變成的，西國魔女立刻息怒，向東國魔女道謝。

東國魔女冷笑了一聲。

「我用了大量的魔力來讓你復活，你必須幫我向桃樂絲報仇。」

「求之不得！只要能向桃樂絲報仇，要我做什麼都可以！」

「從現在起，你就是我的部下。首先，我們要拿回被桃樂絲搶走的魔法道具，接著要找到黃金書籤和魔法之書。」

這時候，有個身影正躲在暗處，偷聽東國魔女和西國魔女的對話。

妮妮在城主的房間思考讓佳妮恢復正常的方法，不知不覺就睡著了，直到聽到毛毛汪汪叫的聲音才醒過來。

　　「妮妮！」

　　魔法之書自動翻了幾頁後，托米就和金黃色的耀眼光芒一起出現了。他溫柔的抱起毛毛，毛毛則開心的搖著尾巴。

　　「托米，又沒有發生緊急狀況，你為什麼會出現？」妮妮疑惑的問道。

　　「你們在歡迎派對上見到的桃樂絲是假的，是東國魔女用魔法變成的！」

托米對妮妮說了東國魔女和西國魔女的談話內容，妮妮則向托米說了佳妮戴上黃金眼鏡後變得不對勁的事。

　　「我的姐姐一定是被那副黃金眼鏡控制了！」

　　托米低著頭思考了一會兒。

　　「那副黃金眼鏡應該是被施了魔咒，只要不是金色的人、事、物，在戴上黃金眼鏡的人眼中，都會顯得不起眼又老舊。」

一定要幫佳妮拿下那副黃金眼鏡！

托米無法離開波普斯魔法圖書館太久，交代完這句話就消失了。

佳妮直到深夜才回到房間，戴著黃金眼鏡就睡著了。妮妮躡手躡腳的靠近佳妮，先把毛毛放進她的懷裡，確定佳妮睡得很熟之後，才用雙手抓住黃金眼鏡。

這時候，佳妮突然睜開眼睛。

「妮妮，你在做什麼？」

「我怕你睡得不舒服，想幫你拿下眼鏡。」

「沒關係，這副眼鏡即使戴著睡覺也很舒服。」

佳妮再次沉沉睡去，妮妮卻十分擔憂，一整晚都無法闔眼。在孤立無援的情況下，妮妮決定照稻草人說的話，去找南國魔女葛琳達幫忙。

但是，妮妮不想獨自踏上旅途。

「一直以來，我都天不怕、地不怕……其實是因為我知道有姐姐在啊！」

妮妮流下孤單且無助的眼淚。

天一一亮，工人和僕人們就按照佳妮的吩咐，忙著把翡翠城堡上上下下都裝飾成金色。妮妮在城堡內找了好一會兒，終於發現在監督的佳妮。

「姐姐，我在書櫃上找到這個書籤。」

「這個書籤又舊又髒，才不是黃金書籤。」

「我沒說它是……」

「大家集合！」

「姐姐，你要做什麼？」

「有看到這個書籤發出金色光芒的人請舉手。」

「姐姐，你到底想……」

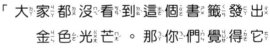

「大家都沒看到這個書籤發出金色光芒。那你們覺得它看起來怎麼樣？」

「又舊又髒，是垃圾吧！」

「妮妮，你聽到了嗎？它絕對不是黃金書籤。」

「我知道它不是……」

「那就趕快把它拿走，丟掉
或放回原處都可以。」

「姐姐，你聽我說……」

「妮妮，我很忙，沒空
聽你說廢話。」

「你不用說得這麼過分吧！」

「所有人聽著！從今天開始，
翡翠城要改名字了！」

「以後這裡就叫做『黃金
城』。為了建造黃金的城
堡，只要民眾家裡有閃耀
著金色光芒的東西，都必
須交出來。」

嘖嘖嘖！

站在佳妮兩側的士兵們，一聽到
命令就跑出城堡，準備向民眾徵收閃
耀著金色光芒的東西。

淚水滑落妮妮的臉頰，她下定決
心，抱著毛毛離開了翡翠城。

第4章

稻草人的煩惱

　　妮妮氣呼呼的邊走邊踢小石子，來到了翡翠城的郊外。

　　「臭姐姐，為什麼要在大家面前讓我丟臉！」

　　妮妮既生氣又委屈，甚至產生了不管佳妮，自己一個人回家的想法。

但芬是户她钗立杂刻烹搖菱搖菱頭契，把芬這點個些想茫法萨拋蓁出杂
腦蓁外茶。

「不芬行茫，我茶要蓁救美姐芸姐业！」

走契累爹的爹妮函妮函和萨毛萨毛毛茶坐茶在裔山胥坡蓁上茫休蒸
息蒸，附帝近裔有茶一斗片窃花萨田籽，盛茫開窃的爹鮮窃紅茶花萨
朵蓁隨篑風菱搖菱曳一，美蒸不芬勝茫收蓁。

突然間，遠方傳來一陣急切的求助聲。

「救命啊！」

為了謹慎起見，妮妮先將手機的相機對著聲音來源，在螢幕上放大一看，竟然是稻草人被掛在棍子上動彈不得。

毛毛一路向前衝，帶著妮妮跑向稻草人，可是一走進花田，牠的腳步就逐漸變慢，最後直接撲倒在地。

「毛毛！你怎麼了？」

妮妮走近一看，發現毛毛只是睡著了。還沒來得及思考原因，妮妮就聞到一陣奇特的香氣，接著她打了個呵欠，雙腳一軟就坐在地上。

「難道是這種花……糟了，我不能睡著……」

妮妮從魔法之書取出口罩並戴上，但她還是很想睡覺。

「口罩擋不住這個香氣……該怎麼辦……」

妮妮努力抵抗睡意，想起她曾經

在電視上看過空氣汙染的新聞，於是她連忙打開魔法之書，取出防毒面具並戴上，徹底隔絕花朵的香氣後，才終於提起精神。

這時候，被掛在棍子上的稻草人發現了妮妮，他再次大喊。

「你沒事吧？可以來幫幫我嗎？」

妮妮抱起睡著的毛毛，走近稻草人身旁。

「那是面具嗎？真是太酷了！」

稻草人讚嘆著妮妮的防毒面具，妮妮則把棍子往下壓，讓稻草人重獲自由。

「謝謝你，我們快離開這裡吧！」

妮妮跟著稻草人，快速穿越寬廣的花田。

一走出花田，妮妮立刻脫下防毒面具。

「咦？你是我在翡翠城書房裡遇見的人吧！」

「是的，我叫妮妮。稻草人，你怎麼會在這裡？」

稻草人嘆了一口氣，說起在那之後發生的事。

「都是可惡的東國魔女害的！那天出現在城堡裡的桃樂絲其實是假的……」

「稻草人先生，請把祕密倉庫的鑰匙給我。」

「那是很重要的東西，你忘記不能隨便使用了嗎？」

「我就是要，你管那麼多做什麼！」

「你真的是桃樂絲嗎？桃樂絲可不是這樣的人啊！」

「你別管我是不是桃樂絲，快把鑰匙給我！」

「不！你到底是誰？」

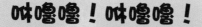

「現在你知道我是誰了吧！」

「東國魔女！你為什麼還活著？」

「少囉嗦！如果你不給我鑰匙，我就要把你綁在棍子上！」

「又是東國魔女！她也變成桃樂絲的模樣，騙我姐姐戴上被施了魔咒的黃金眼鏡！」

這次換妮妮把發生在她們姐妹身上的事告訴稻草人。

我和姐姐是為了找黃金書籤才來到這裡，可是我們沒有任何線索，只有在書櫃上找到一張老舊的書籤。

稻草人看了一眼妮妮找到的老舊書籤，滿懷歉意的開口。

「為了不讓壞人找到黃金書籤，我做了很多冒牌貨放在那個書櫃上。」

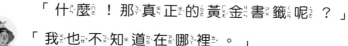「什麼！那真正的黃金書籤呢？」

「我也不知道在哪裡。」

「唉！我現在該怎麼辦？」

「真正的桃樂絲正在向南國魔女葛琳達學習魔法，你去請她們幫忙吧！」

「好主意，就這麼辦。」

「我和你一起去，因為我也有事要請她們幫忙。」

「什麼事？」

「自從我擁有腦袋後，我的思緒就一刻也停不下來，完全睡不著覺，讓我非常困擾。」

「試著看內容很難的書如何？我一翻開那種書就會打呵欠呢！還有大吃特吃美食，吃得飽飽的就會想睡覺啦！」

「我試過了，都沒有用。你剛剛也看到了，即使待在那片會讓人想睡覺的花田裡，我也睡不著，精神超級好。」

「我以為你是稻草人，遇到田地就想看守，所以才不睡覺。」

「你說得也沒錯……總之，我要去找葛琳達和桃樂絲，請她們教我好好睡一覺的方法。」

「好，我們出發吧！要往哪裡走呢？」

「葛琳達和桃樂絲在魔法師之島，沒有交通工具能到那裡，我們必須召喚桃樂絲過來。」

「哇啊！你要使用魔法嗎？」

「不，我一個人辦不到，還需要錫樵夫和膽小獅的幫忙。」

稻草人搔搔頭，從懷裡拿出一個手環，這是葛琳達送給他、錫樵夫和膽小獅的魔法道具，只要他們三個聚在一起念魔咒，就可以召喚桃樂絲。

妮妮興奮的睜大了眼睛。

「那還等什麼，我們快去找錫樵夫和膽小獅！」

「太陽已經下山了，明天再出發吧！」

妮妮從魔法之書拉出一頂帳篷，稻草人則用身上的稻草為她做了床。兩人從樹林摘來水果，又從河裡抓來小魚，他們填飽肚子後，妮妮就和毛毛一起入睡了，稻草人則整晚守在帳篷外面。

　　隔天一早，妮妮和稻草人就出發前往西邊的聞綺斯國。途中，稻草人向妮妮提起，得到心臟的錫樵夫成為那裡的國王後，便發揮自己能用木頭迅速做出任何東西的手藝，打造了一座帥氣的城市。

　　「哇！我好想趕快看到！」聽到稻草人的話，妮妮變得十分期待。

　　妮妮和稻草人沿著林間小徑不知走了多久，隱約看到了聞綺斯國的樹木城。這時候，不遠處卻傳來奇怪的聲響。

喞喞喞！喞喞喞！

　　毛毛對著發出聲響的方向吠叫，妮妮和稻草人也好奇的走上前，沒想到出現在眼前的，是托著下巴、坐在樹上的錫樵夫。

稻草人彎腰抓住樹幹，妮妮則踩著他的背爬上樹。要爬到錫樵夫身旁很簡單，問題是沒辦法把他帶下來，因為錫樵夫實在太重了。

　　「怎麼做才能拯救錫樵夫呢？稻草人，你有什麼好方法嗎？」

　　「想讓生鏽的錫樵夫變得靈活，就需要油啊！」

　　妮妮一邊回想她知道的「油」，一邊從魔法之書拿出瓶瓶罐罐，有芝麻油、花生油、橄欖油、椰子油、葵花籽油……稻草人看得眼花撩亂，趕緊阻止妮妮。

　　「不是這些食用油，錫樵夫需要的是潤滑油！」

　　妮妮這才恍然大悟，從魔法之書拿出裝著潤滑油的噴霧器。

和我一起找出錫樵夫
哪裡生鏽（●）了，
再幫他噴上潤滑油吧！

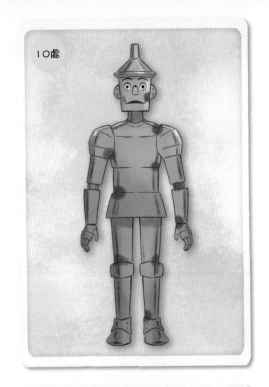

10處

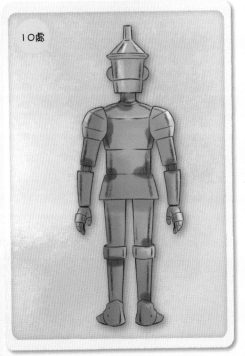

10處

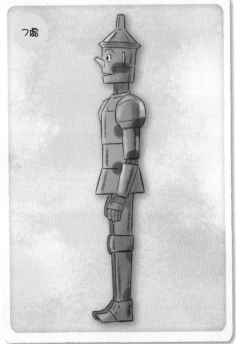

7處

▶ 答案在後面。

「我可以動了！」

錫樵夫伸個懶腰，咻的一聲就跳下樹。他開心得和稻草人打招呼，也向妮妮道謝。

稻草人憂心忡忡的對錫樵夫說了在翡翠城發生的事。

「東國魔女復活了，她還假扮成桃樂絲，似乎在進行某項陰謀。」

「糟糕，這可能會讓整個奧茲國陷入危險。」

「錫樵夫，我們想用手環召喚桃樂絲，你可以幫忙嗎？」

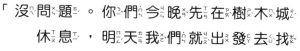「沒問題。你們今晚先在樹木城休息，明天我們就出發去找膽小獅吧！」

「對了，錫樵夫，你怎麼會被困在樹上？」

「首先，我得到心臟後真的很幸福，可以去愛各式各樣的人、事、物。」

「然後呢？」

「可是我也開始心軟，無法果斷的做出決定。」

「這下麻煩了，治理國家有很多問題，需要判斷對或錯，並且下達命令。」

「沒錯。但是我聽這個人講的話覺得他是對的，聽另一個人講的話也覺得他是對的，讓我不知道該聽誰的話。」

「聽起來好困擾啊！」

「而且有了心臟之後，我也可以感受到像是討厭等負面情緒，這讓我的心好痛。」

「我明白你的痛苦。」

「為了逃避這些問題，我躲進了這片森林，坐在樹上思考時不小心睡著了，卻剛好遇到下雨，使我的身體生鏽了。」

三人說話的期間，抵達了聞綺斯國的樹木城。

從路邊的籬笆到百姓的住宅，樹木城所有東西都是用木頭製成，錫樵夫帶領妮妮和稻草人進入同樣是木製的城主城堡。

「這些用新鮮蔬菜、水果、菇類和堅果做成的料理，都是我們國家特有的，你們快來品嘗！」

「錫樵夫，謝謝你，真是太豐盛了！」

「好吃！原來沒有肉的料理也可以這麼美味啊！」

「哈哈哈！」

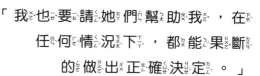

「找到葛琳達和桃樂絲後，我失眠的問題應該就可以解決了。」

「我也要請她們幫助我，在任何情況下，都能果斷的做出正確決定。」

「你就請她們幫你做個像電腦的東西吧！電腦很厲害，不會出錯喔！」

「那是什麼？」

「要怎麼解釋呢……」

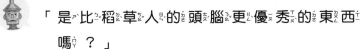
「是比稻草人的頭腦更優秀的東西
嗎？」

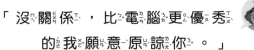
「別在我面前說這種話，會
讓我的心情變差啦！」

「對不起，我錯了。」

「沒關係，比電腦更優秀
的我願意原諒你。」

「哈哈哈！」

第6章
尋找膽小獅

膽小獅住在翡翠城和南方奎德林國中間的森林裡，要到那裡必須先渡過一條又寬又深的河。雖然水勢並不洶湧，卻無法直接走過去。

　　錫樵夫伸展手臂，得意洋洋的舉起一把斧頭。「展現一下我的實力吧！」

　　「這種程度對我來說是小事一樁！」稻草人也蓄勢待發，準備大展身手。

　　錫樵夫和稻草人進入河旁邊的樹林，兩三下就扛著木材走出來。錫樵夫把木材砍成適當的長度及寬度，稻草人則用身上的稻草搓成草繩。沒一會兒，兩人就同心協力做出一艘船。

　　「大家一起划！」

　　三人跟著錫樵夫的口令，努力划船的同時也提高警覺，總算順利渡河了。

　　一-抵ㄉ達ㄚ岸ㄢ邊ㄅ，就ㄐ發ㄈ生ㄕ了ㄉ意ㄧ想ㄒ不ㄅ到ㄉ的ㄉ問ㄨ題ㄊ——到ㄉ處ㄔ都ㄉ是ㄕ昆ㄎ蟲ㄔ！錫ㄒ樵ㄑ夫ㄈ和ㄏ稻ㄉ草ㄘ人ㄢ不ㄅ受ㄕ影ㄥ響ㄒ，但ㄉ是ㄕ妮ㄋ妮ㄋ與ㄩ毛ㄇ毛ㄇ就ㄐ慘ㄘ了ㄉ，他ㄊ們ㄇ被ㄅ昆ㄎ蟲ㄔ追ㄓ著ㄓ跑ㄆ，根ㄍ本ㄅ無ㄨ法ㄈ前ㄑ進ㄐ。

咻咻咻咻！

　　昆ㄎ蟲ㄔ的ㄉ數ㄕ量ㄌ多ㄉ到ㄉ即ㄐ使ㄕ從ㄘ魔ㄇ法ㄈ之ㄓ書ㄕ拿ㄋ出ㄔ殺ㄕ蟲ㄔ劑ㄐ噴ㄆ灑ㄙ也ㄧ沒ㄇ用ㄩ，妮ㄋ妮ㄋ只ㄓ好ㄏ把ㄅ蚊ㄨ帳ㄓ披ㄆ在ㄗ身ㄕ上ㄕ。不ㄅ過ㄍ由ㄧ於ㄩ雙ㄕ腳ㄐ必ㄅ須ㄒ邁ㄇ步ㄅ，蚊ㄨ帳ㄓ無ㄨ法ㄈ完ㄨ全ㄑ包ㄅ覆ㄈ全ㄑ身ㄕ，效ㄒ果ㄍ也ㄧ因ㄧ此ㄘ大ㄉ打ㄉ折ㄓ扣ㄎ。

　　看著困擾的妮妮和毛毛，稻草人忽然靈機一動。

　　「我有個好主意。」

　　稻草人從身上抽出一堆稻草，迅速幫妮妮和毛毛做了可以包覆臉和四肢的面罩、手套和腳套。

　　「稻草人，你太厲害了！昆蟲都螫不到我了！」

　　妮妮和毛毛蹦蹦跳跳，十分開心，前往森林的步伐也變得輕快許多。

走進森林後，昆蟲就漸漸變少了，於是妮妮幫自己和毛毛脫掉面罩、手套和腳套。

「膽小獅，你在哪裡？我們來找你了。」錫樵夫大聲喊著。

一隻路過的狐狸笑著問：「你們是膽小獅的朋友？哈哈哈！」

妮妮一行人還沒搞清楚狐狸發笑的原因，牠就離開了。接著他們遇到一隻刺蝟。

「沿著這條路走，到那塊大岩石的附近看看吧！牠可能獨自在那裡玩呢！呵呵呵！」

刺蝟說完就一溜煙跑了。妮妮等人決定先照刺蝟指的路走，果然看到空地中央有一塊很大的岩石。

稻草人大喊：「膽小獅，你在哪裡？」

吼吼吼！

伴隨著宏亮的吼叫聲，膽小獅跳上岩石，以響徹森林的音量大聲喊叫。

「膽小獅，好久不見！」

「原來是你們，好久不見！」

「我好想你喔！」

「你過得好嗎？」

「我很好，我也很想你們。對了，
她是誰？」

「你好，我是妮妮。東國魔女
復活了，我們是為了揭穿
她的陰謀才來找你的。」

「東國魔女復活了，而且想做壞
事？那我當然要幫你們啊！」

　稻草人向膽小獅說明了事情的來
龍去脈。膽小獅為了慰勞遠道而來的
朋友們，決定請大家吃飯。

 **我的朋友來了！大家快把美食
帶到這塊大岩石上！**

　膽小獅朝著森林大喊，並用得意
洋洋的表情看向妮妮一行人。

「在食物準備好之前，我帶你們參觀森林吧！」

「太好了！」

「這裡是鍛鍊體力的地方，想和我一樣有力氣的動物會在這裡運動。」

「這裡是游泳池，想和我一樣成為游泳健將的動物會在這裡練習。」

「這裡是思考的地方，想和我一樣冷靜又帥氣的動物會在這裡修練。」

「可是這裡都沒有動物呀？」

「大家到哪兒去了？」

「這個……啊！晚餐應該準備好了，我們邊吃邊說吧！」

吼吼吼！

膽小獅突然朝天空大吼，把妮妮、稻草人和錫樵夫嚇得跳了起來。

一行人回到大岩石所在的空地，妮妮想著森林的美食會和樹木城的料理一樣好吃，口水都快流下來了。

　　但是大岩石上沒有任何食物，只有一隻四腳朝天的小蟲子。

　　「怎麼會這樣！」

　　慌張的膽小獅又朝天空吼了一聲。

　　兩隻浣熊從旁邊的樹上探出頭來。

　　「你才不是我們的王！」

　　「原來你也有朋友啊！」

　　兩隻浣熊嘻嘻笑著，接著迅速消失在枝葉間。膽小獅惱羞成怒，跑過去用力搖晃樹木，卻只有樹葉落下來。

膽小獅非常氣憤，像大猩猩一樣，站起來用前肢用力捶打胸口。

錫樵夫小心翼翼的詢問：「膽小獅，發生了什麼事嗎？」

「我明明很努力了……」

隨著眼淚滴滴答答落下，膽小獅緩緩述說牠得到勇氣後發生的事。

「一開始，動物們都很欣賞我有勇氣的帥氣模樣。」

膽小獅因此越來越有自信，覺得自己可以辦到任何事，也比其他動物優秀，於是開始瞧不起比自己弱小的動物。

「我是這座森林的王，認為這樣是理所當然的。」

結果現在不僅沒有半個動物認可膽小獅是王，膽小獅也沒有半個朋友。

膽小獅小聲的啜泣，妮妮則輕輕拍著牠的背。

「別哭了，我們每個人都有不同的煩惱。」

　　錫ㄒㄧ樵ㄑㄧㄠˊ夫ㄈㄨ和ㄏㄜˊ稻ㄉㄠˋ草ㄘㄠˇ人ㄖㄣˊ默ㄇㄛˋ默ㄇㄛˋ的ㄉㄜ˙點ㄉㄧㄢˇ頭ㄊㄡˊ，妮ㄋㄧˊ妮ㄋㄧˊ拿ㄋㄚˊ出ㄔㄨ自ㄗˋ己ㄐㄧˇ的ㄉㄜ˙手ㄕㄡˇ機ㄐㄧ給ㄍㄟˇ膽ㄉㄢˇ小ㄒㄧㄠˇ獅ㄕ看ㄎㄢˋ。

　　「請ㄑㄧㄥˇ葛ㄍㄜˊ琳ㄌㄧㄣˊ達ㄉㄚˊ用ㄩㄥˋ魔ㄇㄛˊ法ㄈㄚˇ做ㄗㄨㄛˋ出ㄔㄨ你ㄋㄧˇ們ㄇㄣ˙也ㄧㄝˇ能ㄋㄥˊ用ㄩㄥˋ的ㄉㄜ˙手ㄕㄡˇ機ㄐㄧ吧ㄅㄚ˙！有ㄧㄡˇ了ㄌㄜ˙它ㄊㄚ，你ㄋㄧˇ就ㄐㄧㄡˋ能ㄋㄥˊ經ㄐㄧㄥ常ㄔㄤˊ和ㄏㄜˊ稻ㄉㄠˋ草ㄘㄠˇ人ㄖㄣˊ、錫ㄒㄧ樵ㄑㄧㄠˊ夫ㄈㄨ、桃ㄊㄠˊ樂ㄌㄜˋ絲ㄙ聊ㄌㄧㄠˊ天ㄊㄧㄢ了ㄌㄜ˙。」

　　「手ㄕㄡˇ機ㄐㄧ有ㄧㄡˇ這ㄓㄜˋ麼ㄇㄜ˙厲ㄌㄧˋ害ㄏㄞˋ？如ㄖㄨˊ果ㄍㄨㄛˇ能ㄋㄥˊ成ㄔㄥˊ真ㄓㄣ就ㄐㄧㄡˋ太ㄊㄞˋ好ㄏㄠˇ了ㄌㄜ˙！」膽ㄉㄢˇ小ㄒㄧㄠˇ獅ㄕ破ㄆㄛˋ涕ㄊㄧˋ為ㄨㄟˊ笑ㄒㄧㄠˋ。

第7章

陶瓷城的巨人

「翡翠城」已經完全變成「黃金城」了，但是佳妮還不滿足，每天都想著接下來要把哪裡改成金色，完全沒發現妮妮不見了。

直到有一天，她忽然想起有一段時間沒有看到妮妮，於是趕緊跑回房間，但是裡面卻空無一人。

「妮妮，你在哪裡？」

佳妮無助的坐在床上，沒一會兒，她想到一個好主意，那就是她要找到黃金書籤，而且要讓全奧茲國的人都知道。這樣一來，聽到消息的妮妮就會回來了。

佳妮猛然起身，召集城裡的士兵。

「我命令你們翻遍整個奧茲國，找出黃金書籤！」

士兵們行禮後，就快步離開去執行佳妮的命令。

這時候，有人敲了房間的門，正是桃樂絲。

佳󠄀妮著󠄀急的走上前󠄁。

「桃樂絲，你知道黃金書籤在哪裡嗎？」

「我正好想和你說這件事。」

桃樂絲說，黃金書籤在陶瓷城。不僅如此，去找黃金書籤的妮妮也被抓住了。

「我妹妹被抓住了？」

即使被施了魔咒，佳妮仍非常擔心妮妮。

「別擔心，只要攻入陶瓷城，就能救出妮妮並找到黃金書籤。」

「你要我發動戰爭？我連和朋友都沒吵過架！」

桃樂絲一副很有把握的樣子，要佳妮別擔心，然而無論佳妮怎麼追問，桃樂絲都只簡短回答。

「去了就知道。」

於是佳妮決定相信桃樂絲的話，她立刻召集士兵攻入陶瓷城。

一一走近陶瓷城，
佳妮就笑了出來。
因為用來保護
城市的柵欄高
度只到她的腳
踝，而且輕輕一
踩就碎成粉末。

「桃樂絲說得沒
錯，我一個人就足夠
打敗這座城市。」
　　於是佳妮
下令讓士兵們
回去黃金城。

　　佳_{ㄐㄧㄚ}妮_{ㄋㄧ}提_{ㄊㄧ}腳_{ㄐㄧㄠ}一_一踩_{ㄘㄞ}，用_{ㄩㄥ}陶_{ㄊㄠ}瓷_ㄘ做_{ㄗㄨㄛ}成_{ㄔㄥ}的_{ㄉㄜ}房_{ㄈㄤ}子_ㄗ就_{ㄐㄧㄡ}轟_{ㄏㄨㄥ}隆_{ㄌㄨㄥ}隆_{ㄌㄨㄥ}的_{ㄉㄜ}倒_{ㄉㄠ}塌_{ㄊㄚ}了_{ㄌㄜ}。

　　「我_{ㄨㄛ}妹_{ㄇㄟ}妹_{ㄇㄟ}和_{ㄏㄜ}黃_{ㄏㄨㄤ}金_{ㄐㄧㄣ}書_{ㄕㄨ}籤_{ㄑㄧㄢ}在_{ㄗㄞ}哪_{ㄋㄚ}裡_{ㄌㄧ}？」

　　陶_{ㄊㄠ}瓷_ㄘ城_{ㄔㄥ}的_{ㄉㄜ}軍_{ㄐㄩㄣ}隊_{ㄉㄨㄟ}急_{ㄐㄧ}忙_{ㄇㄤ}趕_{ㄍㄢ}來_{ㄌㄞ}，和_{ㄏㄜ}巨_{ㄐㄩ}人_{ㄖㄣ}般_{ㄅㄢ}的_{ㄉㄜ}佳_{ㄐㄧㄚ}妮_{ㄋㄧ}對_{ㄉㄨㄟ}峙_ㄓ。

帶領軍隊的陶瓷城指揮官手臂一揮，所有士兵隨即拿起武器對準佳妮。

「準備射擊！」

佳妮突然感到害怕，想找個地方躲起來，不過陶瓷城所有的建築物都比她小，使她無處可躲。

「開始射擊！」

配合指揮官的口令，士兵們朝著佳妮不斷射擊。

砰砰砰！

佳妮嚇到癱坐在地，用雙臂環抱著身體。但奇怪的是，雖然她的手和腳都中彈了，卻一點也不覺得痛，只有像是被鉛筆筆芯輕輕戳到的搔癢感。

「別做無謂的掙扎了！快把妮妮和黃金書籤交出來！」

佳妮在小小的陶瓷城四處尋找，卻始終找不到妮妮和黃金書籤。

　　陶瓷城的城主哭著請求佳妮住手。

　　「快醒醒！你中了魔咒！」

　　但是佳妮完全聽不進陶瓷城城主的話。

佳妮前往陶瓷城後，留在翡翠城主房間的桃樂絲低聲念了一段咒語，就露出她東國魔女的真面目。然後她從懷裡取出一隻癩蝦蟆放在地上，又念了一段魔咒。

砰砰砰！

在一陣黃色煙霧中，癩蝦蟆瞬間變成了西國魔女。

「終於把那個女孩騙走了！趕快趁機找出金冠！」

「沒問題，雖然我只有一隻眼睛，但沒有任何事能瞞過我。」

西國魔女走向房間裡的梳妝臺，接著把手伸進鏡子裡。

「這裡就是奧茲大帝的祕密抽屜。」

西國魔女在鏡子裡翻來找去，好一會兒才抽出手，而她手中也多出一支鑰匙。東國魔女和西國魔女發出令人毛骨悚然的陰森笑聲，就往城堡地下的祕密倉庫走去。

　　東國魔女用鑰匙打開祕密倉庫的門，裡面堆放著奧茲大帝收集的各種魔法道具，西國魔女進入後，立刻拿起鑲著鑽石和寶石的金冠。無論是誰，只要戴上金冠並念出魔咒，就可以讓飛猴為自己實現三個願望。

　　「金冠終於落入我的手裡了！」

「是我的手裡！別忘了你是我的部下！」

東國魔女把金冠搶過來，西國魔女只能不甘心的盯著金冠。兩人避開守衛的耳目，來到空無一人的城堡後院。

東國魔女戴上金冠，只用左腳單腳站立，低聲念出咒語。

「耶呸、呸呸、呸克！」

接著東國魔女換用右腳單腳站立，繼續念出咒語。

「輝洛、賀洛、黑洛！」

　　東國魔女舉起雙手，大喊最後一段咒語。

　　「切、切、主切、激！」

　　突然間，天空烏雲密布，樹木被狂風吹得東倒西歪，不遠處則響起震耳欲聾的雷聲。

　　轟隆隆隆隆！

一一群有翅膀的猴子從遠處飛來，降落在東國魔女身邊。

吱吱吱！

飛猴隊長對戴著金冠的東國魔女說：「請許三個願望吧！」

「翻遍奧茲國的各個角落，把黃金書籤和魔法之書找出來給我！」

東國魔女剛說完，十幾隻飛猴就飛向各處尋找黃金書籤和魔法之書。

「接著，帶我們去見桃樂絲！」

飛猴抓著東國魔女和西國魔女飛到空中，飛猴隊長則下達指示：「目的地是南方奎德林國的魔法師之島！吱吱吱！」

迫不及待想對桃樂絲報仇的東國魔女大喊著：「桃樂絲，原來你躲在那裡啊！」

「看到我們還活著，她一定會嚇死！」西國魔女不懷好意的附和。

桃樂絲，
等著瞧！

　　稻草人和錫樵夫戴上手環，膽小獅則花了點時間才把手環戴到牠大大的前肢上。他們圍成一個圈，先順時針繞三圈，再逆時針繞三圈，然後同時念出咒語。

　　「滴魯瑪、塔特、通！」

　　圍成的圈中瞬間冒出耀眼的光芒，接著桃樂絲就出現了。

　　桃樂絲高興的擁抱好久不見的稻草人、錫樵夫和膽小獅，然後和初次見面的妮妮握手。

很高興認識你，
我是桃樂絲，
牠是托托。

桃樂絲笑著對大家說：「我這段時間向葛琳達學了很多魔法，現在我可以把石頭變成青蛙喔！」

　　「你和假的桃樂絲只有臉長得一樣，給人的感覺完全不同耶！」

　　妮妮忍不住感嘆。

看出桃樂絲的疑惑，妮妮趕緊說明東國魔女假扮成她，並騙佳妮戴上黃金眼鏡的事。

那副黃金眼鏡被施了魔咒，戴上後，只要人或東西不是金色的，看起來就會既破舊又醜陋。麻煩的是，再厲害的魔法都無法把它拿下來，必須由戴上它的人主動取下才行。

桃樂絲叫大家靠近她的身邊。

「我們先去找佳妮吧！可能會有點頭暈，忍耐一下喔！」

桃樂絲說完，敲了三下銀鞋的鞋跟。

喀喀喀！

一眨眼，桃樂絲和妮妮一行人就來到了陶瓷城。

「真神奇！這是瞬間移動吧？」

「這裡是陶瓷城嗎？怎麼亂七八糟的！」

「我姐姐在那裡！」

「她好像在找東西。」

「姐姐！」

「妮妮，你去哪裡了？我好擔心你！」

「我和大家……」

「等等，你這是什麼樣子！還有稻草人、錫樵夫和膽小獅也是，你們怎麼都不是金色的？」

「怎麼了嗎？我很喜歡我現在的樣子啊！」

「你們看起來毫無光彩！真該讓你們看看我的黃金城堡，你們就會知道什麼是真正的美麗了！」

「佳妮，你必須拿下黃金眼鏡，才能看到這個世界真正的樣貌。」

「桃樂絲，你好奇怪，你之前不是這樣的。」

「因為你之前遇到的桃樂絲是假的，我才是真正的桃樂絲。」

「好像很難說服佳妮拿下黃金眼鏡耶！」

「只要讓她看到戴著黃金眼鏡的自己，她應該就會拿下來了。」

「交給我吧！姐姐，你快看看你現在的樣子！」

「我才不要照那種又舊又髒的鏡子！妮妮，以後你只能從魔法之書拿出金色的東西！」

「這是我用魔法變出的魔鏡，夠華麗了吧！」

「太俗氣了！」

「那我們來拍照吧！這個故事的主要角色都聚集在這裡了，是千載難逢的機會呢！」

「好啊！」佳妮很乾脆的答應了。

妮妮拿出手機並打開自拍鏡頭，再交給手比較長的佳妮掌鏡，但佳妮一看到螢幕上的自己就嚇得大叫。

「天啊！我怎麼會戴著這麼奇怪的眼鏡？」

佳妮一把拿下黃金眼鏡，戴回自己原本的眼鏡，然後看向妮妮和桃樂絲等人，以及被破壞殆盡的陶瓷城。這時候，記憶如潮水般湧出，驚訝與後悔讓她大哭出聲。

「我怎麼……我竟然破壞了你們的家園！」

佳妮跪下來，為自己的行為向陶瓷城的居民道歉。

「真的很對不起，我一定會負起責任，幫你們恢復原狀！」

忽然間，妮妮的包包動了起來，接著托米就從魔法之書跳出來。

「大魔法師托米！你怎麼會來這裡？」

桃樂絲開心得和托米打招呼。

「我沒時間說明，你們看了它就會知道前因後果。」

托米拿出一個大大的球後就消失了。佳妮把手放到球上，就浮現出東國魔女變身成桃樂絲，以及她和西國魔女討論陰謀時的影像。

佳ㄐㄧㄚ妮ㄋㄧˊ垂ㄔㄨㄟˊ頭ㄊㄡˊ喪ㄙㄤˋ氣ㄑㄧˋ的ㄉㄜ˙說ㄕㄨㄛ：「我ㄨㄛˇ竟ㄐㄧㄥˋ然ㄖㄢˊ落ㄌㄨㄛˋ入ㄖㄨˋ她ㄊㄚ們ㄇㄣ˙的ㄉㄜ˙陷ㄒㄧㄢˋ阱ㄐㄧㄥˇ……」

「這ㄓㄜˋ不ㄅㄨˋ能ㄋㄥˊ怪ㄍㄨㄞˋ你ㄋㄧˇ，你ㄋㄧˇ是ㄕˋ因ㄧㄣ為ㄨㄟˋ中ㄓㄨㄥˋ了ㄌㄜ˙魔ㄇㄛˊ咒ㄓㄡˋ！」妮ㄋㄧˊ妮ㄋㄧˊ急ㄐㄧˊ忙ㄇㄤˊ安ㄢ慰ㄨㄟˋ佳ㄐㄧㄚ妮ㄋㄧˊ。

對ㄉㄨㄟˋ手ㄕㄡˇ是ㄕˋ擅ㄕㄢˋ長ㄔㄤˊ魔ㄇㄛˊ法ㄈㄚˇ的ㄉㄜ˙東ㄉㄨㄥ國ㄍㄨㄛˊ魔ㄇㄛˊ女ㄋㄩˇ和ㄏㄜˊ西ㄒㄧ國ㄍㄨㄛˊ魔ㄇㄛˊ女ㄋㄩˇ，桃ㄊㄠˊ樂ㄌㄜˋ絲ㄙ為ㄨㄟˋ了ㄌㄜ˙尋ㄒㄩㄣˊ求ㄑㄧㄡˊ幫ㄅㄤ助ㄓㄨˋ，念ㄋㄧㄢˋ起ㄑㄧˇ了ㄌㄜ˙魔ㄇㄛˊ咒ㄓㄡˋ。接ㄐㄧㄝ著ㄓㄜ˙，從ㄘㄨㄥˊ耀ㄧㄠˋ眼ㄧㄢˇ的ㄉㄜ˙光ㄍㄨㄤ芒ㄇㄤˊ和ㄏㄜˊ迷ㄇㄧˊ濛ㄇㄥˊ的ㄉㄜ˙煙ㄧㄢ霧ㄨˋ中ㄓㄨㄥ，浮ㄈㄨˊ現ㄒㄧㄢˋ出ㄔㄨ一ㄧ個ㄍㄜˋ人ㄖㄣˊ的ㄉㄜ˙身ㄕㄣ影ㄧㄥˇ。

東國魔女和西國魔女
跑來魔法師之島，
說要找桃樂絲報仇。

膽小獅又驚又喜，大喊著：「是偉大的南國魔女葛琳達！」

大家不約而同的把食指靠在嘴唇上，要膽小獅別打斷葛琳達的話。

噓！

膽小獅羞愧的閉上嘴。

葛琳達繼續說道：「雖然我用魔法擊退了她們，但是她們不會輕易放棄。桃樂絲，你要小心！」

葛琳達的身影消失後，每個人都低頭苦思到底該怎麼打倒東國魔女和西國魔女。

「我想到了一個辦法……」

佳妮向大家說明自己的點子，所有人聽完後，都覺得是個好方法，不禁拍手叫好。

「那我們趕快準備吧！」

桃樂絲敲了三下銀鞋的鞋跟，大夥兒就瞬間回到翡翠城。

東國魔女和西國魔女為了找桃樂絲也回到了翡翠城，帶她們飛行的飛猴因為飛了又遠又久而氣喘吁吁。

「我們已經完成你的三個願望了！」

「不對，你們還沒找到黃金書籤和魔法之書！」

「它們應該不在奧茲國裡，或是在我們無法探測到的外地人手上，這樣我們也無計可施。」

「一直被飛猴抓著，我的肩膀好痛！可惡，桃樂絲怎麼跑來跑去的，真讓人生氣！」

「廣場上怎麼聚集這麼多人？發生什麼事了？」

從遠處發現廣場上異常喧鬧的東國魔女，和西國魔女一起用魔法偷聽群眾的對話。

「聽說真正的魔法師出現了，這座城市的名字也改回翡翠城了！」

「沒錯。為了慶祝這件事，魔法師會幫大家實現願望喔！」

「每個人都能許一個願，現在城堡前面已經排了好長的隊伍！」

「我也要去排隊！」

東國魔女和西國魔女互看對方一眼。

「魔法師？是指那對從現實世界來的姐妹吧！」

「可是妹妹早就離開翡翠城了，姐姐應該還被黃金眼鏡控制著。」

「難道不是她們，而是真正的魔法師？」

「不管怎樣，我們去見他吧！」

「為什麼？」

「請他實現我們的願望啊！」

「你是說向桃樂絲報仇這件事？」

「對。與其幫黑魔法師做牛做馬，說不定這個方法更快呢！」

「嘻咧、嘻咧、瑟奇集哩烏斯！」

東國魔女施展魔法，讓她和西國魔女成為隊伍中的第一個人。假扮成守衛的稻草人裝作不認識她們的樣子，開門讓東國魔女進入城堡的大廳。

「一次只能進入一位，請記住，務必對魔法師大人說實話。」

「好的。」

東國魔女溫順的回答，心裡卻在冷笑：我有黑魔法師當靠山，比這種來路不明的魔法師強多了。如果這傢伙不能幫我向桃樂絲報仇，我再去找黑魔法師就好了。

門一打開，裡面就傳來低沉的聲音。

「說吧！你的願望是什麼？」

東國魔女看到飄浮在空中的巨大頭顱時嚇了一大跳，怕得不敢許下「報仇」這種壞願望，也怕得忘了「要說實話」這件事。

　　「我……我希望世界和平……」

　　「你說謊！」

　　魔法師怒氣沖沖的大喊，整座城堡似乎晃了一下，東國魔女害怕得落荒而逃，連金冠掉到地上都沒發現。

　　在大廳旁邊的小房間裡，錫樵夫和膽小獅正努力控制笑聲，而佳妮、妮妮和桃樂絲則興奮的擊掌。

　　「完全照著姐姐的計劃走呢！」妮妮對佳妮比了個大拇指。

　　原來是佳妮請膽小獅在廣場上散布魔法師出現的消息，再請錫樵夫用木頭製作巨大的頭顱模型，配合妮妮從魔法之書拿出來的聲光與煙霧裝置，以及桃樂絲讓物體飄浮在空中的魔法，所有人齊心協力，就打造出栩栩如生的「魔法師」了。

　稻草人打開小房間的門。

　「接下來輪到西國魔女了。」

　早就料到東國魔女和西國魔女會用魔法插隊的佳妮等人，馬上準備下一個計劃。

被東國魔女警告過的西國魔女，一走進大廳就跪倒在地上，並說出自己的願望。

「我的願望是向桃樂絲報仇！」

「抬起頭來。」

西國魔女聽到這優美的聲音便抬起頭，但是她沒看到東國魔女口中巨大又可怕的頭顱，而是看到一位美麗的公主。

「這是你真正的願望嗎？」

西國魔女像是被催眠般的開口：「其實我都復活了，報不報仇也沒那麼重要。現在我更想成為英俊的王子，這樣就可以和你結……」

西國魔女還沒說完話，公主就生氣的大喊：

「你給我閉嘴！」

公主從嘴裡噴出熾熱的火焰，燒到了西國魔女的衣服，讓她嚇得拔腿就跑。

當然，美麗的公主也是大家合作的結晶，小房間裡再次爆出笑聲。

「姐姐，你好擅長配音喔！」

這時候，稻草人匆匆忙忙的跑進大廳，對著小房間大喊：「糟糕，飛猴們來了！」

稻草人的話剛說完，飛猴們就吱吱叫著，闖進了大廳。

「我們也想向魔法師許願！」

「我們想自由自在的生活！」

剛才用來和西國魔女見面的公主模型也已收起，飛猴們在空蕩蕩的大廳中四處尋找魔法師的蹤影。

躲在小房間裡的佳妮一行人因為這個突如其來的狀況而驚慌失措。

「怎麼辦？我們毫無準備耶！」

「飛猴生起氣來可不得了，要趕快想辦法。」

桃樂絲皺著眉頭思考，錫樵夫則舉起了斧頭，和膽小獅一起走向大廳。

妮妮，快拿出魔法之書！

好！

拜託，一定要成功！

咦？怎麼回事……

托米，請把身體變大！

佳妮，你太粗魯了！

托米像氣球一樣脹大身體，幾乎占據了整個大廳，然後一字一句的複誦佳妮的話。

「我就是魔法師！你們好大的膽子，竟敢在這裡撒野！」

飛猴們都被托米有如玩具史萊姆的身體黏住而動彈不得。

「魔法師大人，對不起，我們錯了！」

「這是什麼魔法？為什麼黏答答的？」

「拜託饒了我，身上的毛要被拔掉了！」

托米無法離開波普斯魔法圖書館太久，沒一會兒就消失了。飛猴們好不容易得救，於是爭先恐後逃跑，卻全部擠在門口，導致誰也出不去，模樣非常狼狽。

一旁的佳妮等人再也忍不住，每個人都笑到肚子痛。

桃樂絲撿起東國魔女落下的金冠。「要把它放回地下的祕密倉庫才行。」

「等等，可以借我一下嗎？」

佳妮把金冠戴到頭上，念出桃樂絲教的魔咒，逃跑的飛猴們就都哭著回來了。

「我們真的好累！你趕快許下三個願望吧！」飛猴們連飛都飛不高了，無精打采的催促佳妮。

「請幫我把陶瓷城恢復原狀。」

「這種小事一天就能搞定！然後呢？」

「也請把翡翠城恢復原狀。」

「這也是一天就能完成！最後一個願望是什麼？」

妮妮輕輕拉了佳妮的手。「姐姐，我有個好主意。」

妮妮湊到佳妮的耳旁說悄悄話，佳妮聽了會心一笑。

「好巧，我也是這麼想的。」

「嘿嘿！我們果然是姐妹！」

佳妮清了清喉嚨，對著所有飛猴說：「我的最後一個願望是──以後即使有人戴上金冠，你們也不用幫他實現願望，自由自在的生活吧！」

「萬歲！謝謝你！」

從金冠的魔咒中解脫的飛猴們向佳妮道謝後，就高興得手舞足蹈，離開了城堡。

「桃樂絲，可以請你用魔法實現我們的願望嗎？」

膽小獅滿懷期待，走向桃樂絲，錫樵夫和稻草人也跟上前。

桃樂絲先前就已經聽說稻草人、錫樵夫和膽小獅的煩惱，於是她伸出手，短暫的閉上眼睛又立刻睜開。

「可以了。」

「什麼可以了？」膽小獅歪著頭詢問。

桃樂絲笑著回答：「你沒有感覺到嗎？我施了能解決你們各自煩惱的魔法。」

「是嗎？難怪我的腦袋好像稍微放鬆了一點。」稻草人恍然大悟的說道。

錫樵夫和膽小獅似乎也感受到了魔法的效果，露出滿意的笑容。

「騙ㄆㄧㄢˋ你ㄋㄧˇ們ㄇㄣ˙的ㄉㄜ˙！」

桃ㄊㄠˊ樂ㄌㄜˋ絲ㄙ發ㄈㄚ出ㄔㄨ銀ㄧㄣˊ鈴ㄌㄧㄥˊ般ㄅㄢ的ㄉㄜ˙笑ㄒㄧㄠˋ聲ㄕㄥ。

「世界上沒有能解決那些煩惱的魔法，因為你們早就擁有自己解決煩惱的力量了！佳妮和妮妮也是喔！Bye Bye！」桃樂絲敲了三下銀鞋的鞋跟，就消失得無影無蹤了。

聽了桃樂絲的話，妮妮遲疑了一會兒。「早就擁有了？難道……」

妮妮拿出一直放在口袋的老舊書籤，並放進魔法之書裡，原本不起眼的書籤突然發出耀眼的金色光芒。

稻草人訝異的說：「原來它就是黃金書籤啊！」

「你從一開始就找到了！」

佳妮讚賞的摸了妮妮的頭。

　　一回到家，佳妮便緊緊抱住妮妮說：「一個人冒險很累吧？」

　　「因為姐姐中了魔咒啊！」

　　妮妮笑嘻嘻的回答，讓佳妮愧疚的心情稍微減緩了一點。

　　「你經歷了怎樣的冒險？說給我聽吧！」

　　妮妮雙手插腰，一臉神祕。

　　「我吃了很多美食喔！還看見很多神奇的東西！」

　　在佳妮的追問下，妮妮攤開了手帳。

　　「我可以告訴你，但是你要幫我寫下來。」

　　雖然佳妮百般不情願，不過她真的太好奇了，只好答應妮妮。

　　佳妮一邊聽妮妮說故事，一邊把手帳裝飾得豐富又活潑，但妮妮看見成品後卻皺起眉頭。

「是r很5可?愛ヵ啦ヵ！但?是r好?像T有ヌ點?不ヌ
對冬……」

　　對冬成?果?很5有ヌ信T心T的?佳y妮?錯?愕t的?問メ
妮?妮?：「哪?裡?不ヌ對冬？」

　　妮?妮?指业著;佳y妮?畫?的?三?顆?星T。「樹?
木?城?的?料ヵ理?要?給ヽ五ㄨ顆?星T！」

　　佳y妮?大冬聲?解y釋r。「我?又ヌ沒?吃;，我?
已ˇ經y很5努?力ヵ的?想T像T了?！」

　　「看?來ヵ就y像T姐y姐y說?的?，手?帳;還?是r
自r己y寫?比y較y好?！」

　　妮?妮?俏?皮y的?吐;出;舌?頭?，佳y妮?則?大冬
笑T出;聲?。

第5集搶先看

安妮中了黑魔法師的魔咒！

向來勇敢又開朗的安妮，好像中了黑魔法師的魔咒！佳妮和妮妮能在黑魔法師越來越強烈的攻擊下，找回黃金書籤並拯救范特西爾嗎？

前情提要　▶ 全部播放

❶拯救彼得潘

和小仙子叮噹一起享用美味的下午茶，再同心協力拯救彼得潘，並在海盜船上找到了第一個黃金書籤。

❷愛麗絲的奇幻仙境

在身體可以變大、變小，每個人都超有個性的奇幻國，和跋扈王對決後，拿到了第二個黃金書籤。

❸阿拉丁與神燈

從壞魔法師手中救出被抓走的毛毛，別忘了拿回神燈喔！從神燈精靈那裡得到了第三個黃金書籤。

魔法圖書館的群組

托米邀請佳妮和妮妮加入群組。

 你們有見到原著中統治翡翠城的奧茲大帝，並向他許願嗎？

> 姐姐被黃金眼鏡控制，我為了解開魔咒而四處奔波，才沒空許願呢！

 哈哈哈！沒想到聰明的佳妮竟然會中了魔咒！

> 戴上黃金眼鏡後，只要不是金色的東西就會讓我感到無趣。可是只有金色的世界，才是真正的無趣呢！

 就像佳妮戴上黃金眼鏡一樣，在原著中，翡翠城的人都戴著綠色眼鏡，因此世界上的東西在他們看來都是綠色的。

> 我們抵達翡翠城的時候，奧茲大帝已經離開，由稻草人當城主，但他卻因為失眠而逃走。

> 接著姐姐就變成為所欲為的城主了。

 總之，原著作者的想像力真是太豐富了！

> 對啊！背景和人物的設定都很酷！

> 我覺得「飛猴」很有趣，作者竟然能想到讓猴子飛起來。

> 「膽小獅」也很有新意，獅子明明是萬獸之王卻很膽小。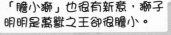

 我最喜歡原著第三集裡的發條機器人「滴滴答答」。

> 《綠野仙蹤》有很多集嗎？

 想知道更多嗎？跟我來吧！

李曼‧法蘭克‧鮑姆

Lyman Frank Baum

1856年5月15日～1919年5月6日
美國的作家、演員、雜誌編輯
與電影製作人

李曼‧法蘭克‧鮑姆於1856年出生在美國紐約州麥迪遜縣的一個小村子裡，他從小就喜歡幻想和寫作，不過在成為作家之前，曾做過雜誌編輯、新聞記者、演員、銷售員等各式各樣的工作，最後才成為專門撰寫童話故事的作家。

1900年出版的
《奧茲國的魔法師》封面。

個性隨和的鮑姆經常編故事給孩子們聽，對童話和故事也有自己的一套想法。1897年，他陸續出版了幾本童書，並在1900年出版了《奧茲國的魔法師》，成為鮑姆作家生涯的代表作。

在《奧茲國的魔法師》大受歡迎後，鮑姆又陸續創作了13本由「奧茲國」衍生出的作品，包括《奧茲國仙境》、《奧茲國女王》等。臺灣常用的書名是《綠野仙蹤》，其實是指這一系列與奧茲國有關的童話故事。

《綠野仙蹤》的故事充滿想像力，被翻譯成50多種語言出版，也改編成電影、舞臺劇、音樂劇等，直到今天仍廣受大家的喜愛。

尋找翡翠城

聽說翡翠城的奧茲大帝能幫人實現願望，
請你帶領桃樂絲等人走到翡翠城吧！
答案在後面唷！

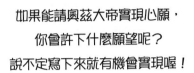

許下願望

如果能請奧茲大帝實現心願，
你會許下什麼願望呢？
說不定寫下來就有機會實現喔！

我想解決的煩惱

1.

2.

3.

我想實現的願望

1.

2.

3.

煩惱諮商室

如果故事中的角色向你訴說煩惱，
你會怎麼做呢？
把你想對他們說的話寫下來吧！

我要對想太多而每天
失眠的稻草人說

♥ ♥

我要對心太軟而
優柔寡斷的錫樵夫說

我要對太驕傲而沒有
朋友的膽小獅說

♥ ♥

我要對我自己說

加油!

我最棒!

我超
讚!

佳妮和妮妮與奧茲國的朋友們一起拍照，
左右兩張圖共有10個不同的地方，
你能找到嗎？答案在後面唷！

我全部都找到囉！

等一下，
我快找完
了！

國家圖書館出版品預行編目（CIP）資料

魔法圖書館 4 綠野仙蹤黑魔法 / 安成燻作；李景姬
繪；石文穎譯 . -- 初版 . -- 新北市：大眾國際書局，
2022.10
144 面；15x21 公分 . -- （魔法圖書館 ；4）
ISBN 978-986-0761-66-5（平裝）

862.599   111012576

小公主成長學園CFF028

魔法圖書館 4 綠野仙蹤黑魔法

作　　　　者	安成燻
繪　　　　者	李景姬
監　　　　修	工作室加嘉
譯　　　　者	石文穎

總　編　輯	楊欣倫
執　行　編　輯	李季芙
特　約　編　輯	林宜君
封　面　設　計	張雅慧
排　版　公　司	芊喜資訊有限公司
行　銷　統　籌	楊毓群
行　銷　企　劃	蔡雯嘉

出　版　發　行　大眾國際書局股份有限公司 大邑文化
地　　　　址　22069 新北市板橋區三民路二段 37 號 16 樓之 1
電　　　　話　02-2961-5808（代表號）
傳　　　　真　02-2961-6488
信　　　　箱　service@popularworld.com
大邑文化 FB 粉絲團　http://www.facebook.com/polispresstw

總　經　銷　聯合發行股份有限公司
　　　　　　電話　02-2917-8022　　　傳真　02-2915-7212

法　律　顧　問　葉繼升律師
初　版　一　刷　西元 2022 年 10 月
定　　　　價　新臺幣 280 元
I　S　B　N　978-986-0761-66-5

간니닌니 마법의 도서관 4 오즈의 마법사가 된 간니
(Ganni and Ninni Sister's Journey to Magical Library 4-Ganni, Who Became the Wizard of Oz)
Copyright © 2020 스튜디오 가가 (STUDIO GAGA, 工作室加嘉), Story by 안성훈 (Ahn
Seonghoon, 安成燻), Illustration by 이경희 (Lee Kyounghee, 李景姬)
All rights reserved.
Complex Chinese Copyright © 2022 by Popular Book Co., Ltd.
Complex Chinese translation Copyright is arranged with Book21 Publishing Group
through Eric Yang Agency

大邑文化讀者回函

謝謝您購買大邑文化圖書，為了讓我們可以做出更優質的好書，我們需要您寶貴的意見。回答以下問題後，請沿虛線剪下本頁，對折後寄給我們（免貼郵票）。日後大邑文化的新書資訊跟優惠活動，都會優先與您分享喔！

✍ 您購買的書名：＿＿＿＿＿＿＿＿＿＿＿＿＿＿＿＿＿＿＿＿＿＿

✍ 您的基本資料：

姓名：＿＿＿＿＿＿＿＿，生日：＿＿＿年＿＿＿月＿＿＿日，性別：□男　□女

電話：＿＿＿＿＿＿＿＿＿＿，行動電話：＿＿＿＿＿＿＿＿＿＿＿＿＿

E-mail：＿＿＿＿＿＿＿＿＿＿＿＿＿＿＿＿＿＿＿＿＿＿＿＿＿＿＿

地址：□□□-□□＿＿＿＿＿＿＿縣／市＿＿＿＿＿＿鄉／鎮／市／區
＿＿＿＿＿路／街＿＿＿段＿＿＿巷＿＿＿弄＿＿＿號＿＿＿樓／室

✍ 職業：

□學生，就讀學校：＿＿＿＿＿＿＿＿＿＿＿＿＿，＿＿＿＿＿＿＿年級

□教職，任教學校：＿＿＿＿＿＿＿＿＿＿＿＿＿＿＿＿＿＿＿＿＿＿

□家長，服務單位：＿＿＿＿＿＿＿＿＿＿＿＿＿＿＿＿＿＿＿＿＿＿

□其他：＿＿＿＿＿＿＿＿＿＿＿＿＿＿＿＿＿＿＿＿＿＿＿＿＿＿＿

✍ 您對本書的看法：

您從哪裡知道這本書？□書店　□網路　□報章雜誌　□廣播電視
□親友推薦　□師長推薦　□其他＿＿＿＿＿＿＿＿＿＿＿＿＿＿＿
您從哪裡購買這本書？□書店　□網路書店　□書展　□其他＿＿＿＿＿

✍ 您對本書的意見？

書名：□非常好□好□普通□不好　　封面：□非常好□好□普通□不好
插圖：□非常好□好□普通□不好　　版面：□非常好□好□普通□不好
內容：□非常好□好□普通□不好　　價格：□非常好□好□普通□不好

✍ 您希望本公司出版哪些類型書籍（可複選）

□繪本□童話□漫畫□科普□小說□散文□人物傳記□歷史書
□兒童/青少年文學□親子叢書□幼兒讀本□語文工具書□其他＿＿＿＿＿

✍ 您對這本書及本公司有什麼建議或想法，都可以告訴我們喔！

＿＿＿＿＿＿＿＿＿＿＿＿＿＿＿＿＿＿＿＿＿＿＿＿＿＿＿＿＿＿＿＿

＿＿＿＿＿＿＿＿＿＿＿＿＿＿＿＿＿＿＿＿＿＿＿＿＿＿＿＿＿＿＿＿

＿＿＿＿＿＿＿＿＿＿＿＿＿＿＿＿＿＿＿＿＿＿＿＿＿＿＿＿＿＿＿＿

大邑文化

新北市板橋區三民路二段 37 號 16 樓之 1

220-69

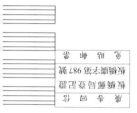

廣告回信
板橋郵局登記證
板橋廣字第 987 號
免貼郵票

寄件人地址：

□□□-□□

縣/市─鄉/鎮/市/區

路/街──段──巷──弄──號──樓/室

寄件人：

大邑文化

服務電話：（02）2961-5808（代表號）

傳真專線：（02）2961-6488

e-mail：service@popularworld.com

大邑文化 FB 粉絲團：http://www.facebook.com/polispresstw

第61頁的答案。

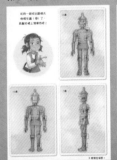

第130頁的答案。

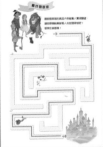

第134～135頁的答案。